मैं ललद्यद

(काव्य)

मैं ललद्यद

अग्निशेखर

प्रलेक प्रकाशन
Pralek Prakashan Pvt. Ltd.
(InAssociation with JVP Publication Pvt. Ltd.)

प्रलेक प्रकाशन

मुख्य कार्यालय : 702, जे-50, ग्लोबल सिटी, विरार (वेस्ट), मुम्बई, महाराष्ट्र-401303

दिल्ली कार्यालय : ए-107 जैतपुर एक्स, पार्ट-1, बदरपुर, नई दिल्ली-110044

दूरभाष : 7021263557

Email : pralek.prakashan@gmail.com
Website : www.pralekprakashan.com

मैं ललद्यद : अग्निशेखर

Mein Lalded : by Agnishekhar

ISBN : 978-93-5500-35-91

आवरण : सुविख्यात मूर्तिशिल्पी और चित्रकार पद्मश्री राजेन्द्र तिक्कू का चित्र, ऐक्रेलिक ऑन पेपर

पेपरबैक संस्करण

प्रलेक प्रकाशन का लोगो मिक्की पटेल की तूलिका से

समर्पण

- अंडाल (9वीं शताब्दी, तमिलनाडु)
- अक्का महादेवी (1130–1160 ई.कर्नाटक)
- गंगासती (12वीं–14वीं शताब्दी, सौराष्ट्र)
- जनाबाई (1298–1350 ई., महाराष्ट्र)
- मीराबाई (1498–1565 ई., राजस्थान)
- चंद्राबती (1550–1600 ई., बंगाल)
- अतुकूरि मोल्ला(16वीं शताब्दी, आन्ध्र)
- बहिणाबाई (1628–1700 ई., महाराष्ट्र)

जैसी इन संत कवयित्रियों व विदुषियों के नाम

दो शब्द

ललद्यद अर्थात् ललेश्वरी केंद्रित यह काव्य उनके जीवन, समय, संघर्ष, उनके स्वप्न, उनकी वाँछा, अवदान और जनमानस पर उनके अमिट प्रभाव की बात करता है। बहुत कम लोग जानते हैं कि संत कवयित्री ललद्यद कश्मीरी साहित्य की आदि कवयित्री ही नहीं, भारतीय भाषायी नवजागरण की प्रणेता, विद्रोही स्त्री-स्वर के अलावा भक्तिकाल की एक कालजयी अधिष्ठात्री भी थीं। अपनी रचनाशीलता से, पारंपरिक शैव दर्शन की गहराइयों से, चिरंतन सत्य की खोज में अपने प्रामाणिक अनुभवों से, तत्कालीन समाज व्यवस्था की कुरीतियों, आडम्बरों के प्रति मुखर विरोधी तेवरों और विवेक-चेतना तथा तपश्चर्या से कश्मीर के लोकमानस में शताब्दियों से रच बस गयीं हैं। ललद्यद के 'वाख साहित्य' ने काल का अतिक्रमण किया है। वह हर बदलते युग में अपने सामर्थ्य और अपनी कविता से, नये अर्थ खोलती हैं और प्रासंगिक भी बनी रहती हैं। उनकी कविता में निहित शाश्वत विराटता और उसके साथ मनुष्य के अंतर्संबंधों के साथ ही अपने समय और समाज के प्रति जागरुकता और व्याकुलता की भी तीव्र अभिव्यक्ति है। ललद्यद का जीवन-संघर्ष, उनके वाख मनुष्य की नियति, पीड़ा, गहन करुणा, उसके संघर्ष और विवेक, उसकी जिजीविषा और अन्याय के प्रति विरोध को मुखर अभिव्यक्ति देते हैं। यह यों ही नहीं है कि उनके वाख सदियों से जन जन की जिव्हाग्र पर हैं जो श्रुति परंपरा से हम तक पहुँचे हैं। इतना ही नहीं, ललद्यद के वाखों में यह सृष्टि, यह जीवन, यह अस्तित्व सब उस विराट का ही विस्तार है, उसकी अभिव्यक्ति है। उसका प्राकट्य है जो किसी भी जातिभेद, वर्णभेद, लिंगभेद या स्थानभेद से ऊपर है। जनश्रुतियों के अनुसार सास और पति ने उसे यातनाएँ दीं। बात बेबात पर प्रताड़ना, लांछन, दुत्कार से तंग आकर ललेश्वरी ने गृहस्थ जीवन को तिलांजलि दी और घर से बाहर खुले में आई। अपने जीवन लक्ष्य को पाने के लिए एक वैरागन की तरह गाँव-गाँव,

जंगल-जंगल घूमी। ललद्यद के काव्य और चिन्तन में घर भवसागर पार के विराट घर के एक रूपक में बदलता है। अपनी नौका को कच्चे धागे से बाँध कर समुद्र में खींचती है।

कबीर से कोई तीन दशक पूर्व ललद्यद का संस्कृत की जगह मातृभाषा कश्मीरी में कविता रचना क्रांतिकारी बात थी। भारतीय भाषायी नवजागरण की अग्रणी ललद्यद पूरे देश में एक जिज्ञासा का नाम है। लोग उनके बारे में पूछते हैं। ललद्यद के जीवन के बारे में प्रचलित किंवदंतियों और दंतकथाओं का एक संजाल है जिनसे पूरी तरह बचा भी नहीं जा सकता, इस काव्य में मैंने उनमें सावधानी पूर्वक कुछ काव्य सम्भावनाएँ खोजीं और उनका उपयोग भी किया। परंतु अनैतिहासिक तथ्यों व उनके नाम पर गढ़े गये छद्म वाखों के धुंधलके को छाँटकर मैंने आठ सर्गों में 'मैं ललद्यद' शीर्षक से यह काव्य रचा है। आशा है पसंद आएगा।

-अग्निशेखर

अनुक्रम

1. सहन	: पहला स्पन्द	: 11
2. देशाटन	: दूसरा स्पन्द	: 61
3. तीर्थाटन	: तीसरा स्पन्द	: 83
4. कायाकल्प	: चौथा स्पन्द	: 113
5. समवेदना	: पाँचवां स्पन्द	: 133
6. सूत्र	: छठा स्पन्द	: 161
7. विलय	: सातवां स्पन्द	: 169
8. शिलालेख	: आठवां स्पन्द	: 173

सहन

पहला स्पन्द

एक

यह कैसी विडंबना, देव!
भेजा जिस गृह में
या जैसे भी घर-संसार में यहाँ
जन्मी, पली, बढ़ी
की अठखेलियाँ
माँ की स्वर्ग तुल्य गोदी में
हुलसाई पिता की पीठ पर चढ़
अलसाई जब-तब बालपन में
स्वप्निल, सुगंधित

आज विदा किया उसी घर-परिवार ने
गाँव, पेड़, सखियों ने
नदी व झरनों ने
ढेरों दिए आशीष
रुलाती दूर तक तैरती
सुमधुर सामवेदी वनवुन*
विदा-गीतों की अनुगूँज..
जा पुत्री पिया के देश
चिर उल्लास आनंदित
हो नीड़ तुम्हारा
जा बिटिया, प्राण पखेरू मेरे

यह उल्लास का विभ्रम
कहो किस काम का मेरे
क्या अभीष्ट यह
निलय मेरे कंत का
मेरी यात्रा के अंत का

देखा नहीं जिसे मैंने
शब्द तक नहीं उचरा कोई उसने
यद्यपि जन्मांतरों से है
संबंध-सूत्र में मेरे
बारात है हर्षित
मैं निःशब्द
कामधेनु कोई...

❍

---

*कश्मीरी पंडितों के विवाह पर स्त्रियाँ जो मंगलगान गाती हैं

दो

देव! क्या तुमने भी
मुझे करते विदा अपने धाम से
गाया था विदा-गीत
नम हुए थे क्या तुम्हारे भी नेत्र

क्या करते हो कभी स्मरण
मेरा वो मुड़ मुड़ देखना
कैसे लिपट-लिपट रोई थी
परिजनों से
और वो उतरना आकाशों से
एक क्षण में बीजाक्षर सा
माँ के गर्भ-गृह में
फिर होना अंकुरित यहाँ मेरा

यह कैसी सान्त्वना
कि वो भी तुम ही थे...
तुम ही हो यदि यह गर्भ भी
जहाँ मैं आई
और वो भी
जहाँ से आई
तो यह विदा कैसी, देव!
बोलो...

❍

तीन

नाचती झूमती
मुझे लिए जा रही बारात
विरुद्ध वितस्ता-प्रवाह के
भीतर मेरे
भागी चली आतीं पीछे
पगडण्डियाँ ग्राम की
सिसकियाँ भरती छतनार बून्य*
आँगन की
अवाक् देखतीं गायें रोतीं
पेड़ पेड़ उडतीं चिड़ियाँ
साथ साथ मेरे
बुलबुल, मैना, पोषनूल, शीन-चिरैया
याद रखने को जैसे
पथ मेरे कंत के गाँव का
उसके ठौर का

लौटे परिजन
पर साथ साथ चलती चली आई
स्मृतियां
मेरी सखियाँ अदीख

पर मेरा मन
क्यों उचट रहा इस वेला
इस पथ पर

देखा नहीं किसी ने
विवाह-मंडप पर
ठूँठ क्यों बना रहा कंत मेरा
निर्लिप्त सा यह बनरा

क्या था वो सब, देव?

❍

---

* *बून्य अथवा चिनार का कश्मीरी नाम*

चार

साथ-साथ पालकी के
चल रही सहचरी स्मृतियाँ मेरी
बोली एक धीरे से
'नीचे छतनार बून्य'* के
कैसे खेलतीं थी तुम
ग्राम- बालाओं के साथ
या उंगली पकड़े नन्हें डग भरती
घूमती पान्द्रेंठन* के
मंदिर प्राँगण में
बोली दूसरी बाल-सखी
स्मृति मेरी
'पार वितस्ता-घाट के
वृक्षों के झुरमुट से
कैसे देख रहा था सूर्य
खेल तुम्हारा
अचरज में ठिठका
अलौकिक था स्टापू का
मानचित्र भूमि पर उकेरा तुमने
जैसे था कोई सहज-सरल सा
श्रीयंत्र का प्रतिरूप नया
छह थे घर एक ही घट में
सटे एक दूसरे से पर थे अलग
निहितार्थ उनके

बारी-बारी फेंकते हम
उनमें ठीकरा
ठेलते उसे लंगड़ाकर
एक पाँव से दूसरे में
फिर तीसरे में हुलसकर
फिर चौथे...पाँचवें...
फिर भेदन किया छठे का भी
और तुम खेल-खेल में
निकलीं सभी चक्रों से बाहर
फिर परान्मुख हो
फेंका था ठीकरा सातवें वृत्त में
सिर के ऊपर से
जैसे गिरा था नाद में
गगन से बिन्दु वो
और खुल गयी थी सात जन्मों की
स्मृतियाँ तेरी
जैसे आकाश में भीतर
कपाट के पार कपाट
उसके पार कपाट
सुदूर पार तक कपाट...
नाची थी हर्ष के अतिरेक से
वहाँ उन्माद में
फिर हुई थी सहसा शांत
यथावत्
देखकर सामने
गुरु सिद्ध श्रीकंठ प्रिय सिद्धमोल

बोलीं इठलाती सातों सखी- स्मृतियाँ कान में
हम नहीं कर रहीं विदा तुमको
हम आ रहीं साथ
तुम्हारी शिवदूतियाँ

देखा पालकी से
नदी में गिरता पत्ता कोई
देव! कौन है यह कंत मेरा
बना बनरा..
क्या यही वह अंतिम वृत्त
खेल का
ठीकरा स्टापू का
स्वयं फेंका जिसमें मैंने
होम किया जीवन अपना

देव! आज भी ढलती साँझ
सूर्यदेव उतरा देखता
वितस्ता-पार से
पालकी में बैठी मुझको
या पहले ही वृत्त में
पड़े ठीकरे को..

○

**चिनार का कश्मीरी स्त्रीलिंगवाची नाम*
**श्रीनगर के पास प्राचीन पुराणाधिष्ठान मंदिर*

पाँच

फिर एकबार कुपित हुई
मेरे कंत की माता
सूत उसका दिया
महीन क्यों नहीं मैंने काता
पता नहीं, नदरू* के तंतु सा
और क्या कातती मैं
बुहारा नहीं ठीक से घर-आँगन उसका
नदी-घाट पर नहीं ढंग से
पछीटे कपड़े-लत्ते

क्या कहूँ सूत
जो दिया ही नहीं था काता मैंने
कर्मों का लेखा यह सूत...

अबाध चलता चरखा
साँस साँस बुनता
प्राणों के कपास से
और ध्वनि भी नहीं सुनता कोई

क्या कहूँ मन बुहारने का
वरदान दिया उसने
मैं बुहारती जीवन
धुलती नहीं एक धुलाई ने

जन्मों की मैल
पूछे कोई पुण्य-सलिला से

तब भी नित्य मैं कात रही
धूप-छाँव
शीत और ग्रीष्म
देख रही देवरानियाँ
दया से ससुरश्री
ग्राम भी देख रहा समूचा
दया से

बुहारती हूँ धूल उनकी
सीढ़ी टिका टिका कर
चढ़ती लेपती नन्हीं बाँहों से
शापित दीवारें उनकी
गिरती फिर उठती
डाँट के भय से
कभी खाली घड़ा रखती उलटाए
उसपर रखती
एक और घड़ा उल्टाए
फिर चढ़ती रसोई की
धुआँ खाई दीवारें
बुहारने
लीपने
कितनी बार गिरी हूँ
सास की खिलखिलाहट से
फिसलकर ..

○

***कमलनाल, बें**

छह

नहीं टूट रहा
अश्रुओं का बांध
पड़ती जा रहीं दरारें फिर भी

हर बात पर
याद आती हो माँ...
स्त्री के मौन में
उसके तल में
दबे रहते हैं ध्वंसावशेष
धैर्य में उसके होते
सपनों के नीड़
पलते उनमें हम
हमारा लोक

कहा था तुमने
किसी भी माँ में
दिखती है अपनी माँ
पर कहाँ दिखती हो तुम यहाँ

एक दिन कड़कती दामिनी,
मूसलाधार बरखा में
बताया था तुमने
कितना सहती है धरती

और गाज गिरी थी तब दूर गाँव में
नहीं, किसी स्त्री के जीवन में...
बोलीं थी तुम

माँ, क्यों सहती है धरती
और कुछ नहीं कहती
पूछा था मैंने

तुमने फेरा था
मेरे शीश पर हाथ...

❍

सात

देखा एक पत्थर को
सपने में पसीजते मैंने
जैसे हथेली में
हुआ स्पंदित

'क्यों किंचित अन्न के नीचे
तुम्हारी थाली में छिपाकर
परोसा जाता
मुझे दो जून
दिखे सबको भोजन
तुमको भरपेट है मिलता
और तुम कुछ नहीं कहतीं...'

सिलबटे के ये आँसू
पूछ रहे थे मुझसे
यह दंड किस अपराध का
मिला उसे है..

अश्रु उसके ढुलकते
देखती रही मैं निर्निमेष
क्या कहती...

❍

आठ

बैठी रही वितस्ता-घाट पर
बहते रहे आँसु जल में
अनंतकाल से नदियों में
कितने आँसु गिरे होंगे हमारे

यह जल-प्लावन
नहीं होते अकारण
दुख कहीं घुलता नमक सा
समुद्र में
कहीं बनता पहाड़ उनका

ओ नदी!
तुम किसके अश्रु हो अविकल
और अविरल
कब से
किस तिथि से, क्षण से
हो चुप बह रही
पृथ्वी के कपोल पर

मैं बंधी नियति के तटों में
ले चलती मुझे भी
साथ अपने
ओ प्रतिरूप मेरी..

नौ

कहा कंत की मातुश्री ने
तू बैठ गई सुस्ताने
उठ री, कर्मजली
चल चौका-बर्तन कर ले
झाड़ ले खिड़की से
घास की चटाइयाँ, दरियां
चाँगिजियाँ *
पर्दे, बोरियाँ सब
तहा ले कपड़े
कीलों पर टंगे जो
बांध ले गठड़ी उनकी
हटा ले झाले
लीप ले घर की दीवारें आज फिर
सीढ़ियाँ हैं तेरी रुदालियाँ
जैसे शोक मना रही तेरा
लीप लें इनको

बैठना नहीं
कामचोर बनरी
हांड़ियाँ, बर्तन, धोना अच्छे से
करवाइन व गागरियाँ भी
देखूँगी लौटकर प्रत्येक

इस तरह देखती हूँ मैं भी
भोर से सूर्यास्त तक
बीतते दिन लिथड़ते

❍

---

* घास के बुने गोल आसन

दस

आँगन पार
खिड़की से देख रही हूँ कंत को
एक वक्र छाया का करते अनुगमन
रेंगता जा रहा कृमि
भाग्य मेरा यह सुहाग
और हृदयहीन माँ उसकी
अकल्पित

देव! यह कौन बंधा
मेरे लेखे..
क्यों नहीं सुनी थी एक भी
मेरी माँ ने
पाणिग्रहण था जैसे
बोझ उतारना कंधे से
या छत पर जमा बर्फ गिराना
नीचे आँगन में
हठीली होती हैं माताएँ भी
मोह में पड़ी गहन
जानती हूँ समय के दबाव उनके
अतीत के बर्बर संस्मरण
श्रुति-संवेदन माँ के
अनसुन कर नहीं पा रहे होंगे

चीत्कार..
बलात्कार...
अपहरण...

आह! यह क्रूर नियति हमारी
रही दिनों तक अकेली घर में
गुमसुम

○

ग्यारह

मेघ थे छितराए नभ में
ठंडी थी हवा
भीतर धूप आई खिड़की से
आज बहुत दिनों बाद
जैसे पूछने कुशलक्षेम
सहलाने घाव नीले
पीठ पर
क्लान्त मैं
ताप से जल रही थीं पलकें..

आज शिथिल थीं बांहें
कि कातती सूत
या माँजती बर्तन
कपड़े-लत्ते लेपती सीढ़ियाँ

आज फिर आया हुँकारता
सुहाग मेरा
कोसता मुझे
मेरे वंश को
मेरे पिता को
माँ को
पूरे गाँव को

फिर किया निहाल पदाघात से
दया निधान हैं कंत मेरे
समष्टि में

○

बारह

देखा एक चिड़िया
खिला रही नवजात को चुग्गा
फैलाती पंख उसके ऊपर
बार-बार
बहुत याद आई तुम
ओ माँ मेरी..
पिता मेरे...
धूप व वर्षा में तुम भी बनते
चिड़िया
ढाँपते मुझको
फेरते हाथ बालों पर
एक अनूठी फैलती आभा

वे दिन छीन लिए क्यों मुझसे
पोथियों में दिखी नहीं
यातनाएँ मेरी
यह युग्म जीवन वृथा मेरा
निःसंग और क्षोभ पूरित

क्यों एक चिड़िया नहीं जन्मी मैं
अरण्य में यहाँ कहीं
देखते जिसे आकाश में

उड़ते तुम
चोंच में लिए इरामंजरी की कोंपल

क्यों नहीं उगी मैं
केसर का फूल
इसी पद्मपुर* में
खिलती मैं भी पतझड़ में
महकती सघन रात्रि की ज्योत्स्ना में...
उतरतीं अप्सराएँ गातीं
चुनने मुझको

पिता, तुमने पढ़ी नहीं
रेखाएँ मेरीं
या थे अवश नियति के आगे

❍

***वर्तमान पाँपोर**

तेरह

पूछा सखियों ने पनघट पर
ओ, री बहन ललेश्वरी
कल उत्सव में
कितने थे व्यंजन बने घर में
क्या क्या थे
और तुमने कितने खाए
    क्या कहती उनसे...
    वे भेड़ू मारें या काटें बकरा
    खिलाएँ खाएँ
    मेरे लेखे वही रहेगा सिलबटा*
    थाली में भोजन के नीचे
नि:स्तब्ध रहीं लौटते
सखियाँ
घड़े जल से भरे लिए शीश पर
    आ रहे पीछे पीछे थे
    लज्जित और मौन
    ससुर मेरे
    सुना सब संवाद उसने
    घूँट पिये विष के

❍

***कश्मीरी लोकमानस में इस प्रसंग से सम्बंधित यह एक लोकोक्ति है –'होंड मॉरितन या कठ, ललि निलॅवठ चलि नॅ जाँह'**

चौदह

आले में दिये की काँपती लौ
आड़ी-तिरछी छायाएँ सहचरी
कि भोजन की भरी मेरी थाली से
हटाकर भात
उठाया सिलबटा सहसा
ससुर ने
बरसा पत्नी पर
कुम्भीपाक नरक भी कम है
दंड तुम्हारा
ओह दुर्भाग्य..
दुर्भाग्य...
दुर्भाग्य...

व्याप गया सन्नाटा घर में
जो तोड़ा सिलबटे ने टकराकर
रसोईघर से
माथा पीटा
डूब गया
गहन ग्लानि
लज्जा
और असहाय वो हो गया मौन
जैसे उतरी घनी शाम उसके भाग्य पर
❍

पन्द्रह

निबिड़
ठंडी आधी रात में
हृदय विदारक थी कथा वो
सुनाई उसने
कैसे वन-प्रांतर से
राह भटकी घबराई हिरनी पर
टूट पड़ा था खेत में भालू

हाँफती दौड़ी थी खेत खेत
चढ़ी उतरी टेकडियाँ
बस चलता उड़ भागती आकाश में
तड़पी चीखी चिल्लाई थी
फिर रांध डाला उसे रीछ ने
दिन-दहाड़े

थम गई सांसें मेरी
भर आई आंखें
छलक आई ठंडी सघन अर्ध रात्रि में
फिर टटोलते हुए मुझे
बोला धीरे से
कहाँ हो..

मैं शंकित उठी धीरे से
आई ओसारे
थिरक रही थी चाँदनी
जैसे बिलख रही थी नदी पार
सो रहा था जगत सारा
भागी मैं भी मन ही मन
खेतों खेतों
छिपी पीछे पेडों के झुरमुट में
नट केशव भैरव* के मंदिर में
भोर तक..

मैं धरती नहीं
सहूँ कितना
यह मौन मेरा है गुरुतर
शंकराचार्य पर्वत से

○

***किंवदंती है कि ललद्यद वर्तमान जिनीपोरा, पाँपोर में नट केशव मंदिर प्रतिदिन भिनसारे जाकर साधना करती थी।**

सोलह

आए सपने में आज
गुरु सिद्ध श्रीकंठ
प्रिय सिद्धमोल मेरे
अमृत वेला में

बताओ देव मेरे
पंख यातनाओं के क्यों नहीं होते
तिर्यक दृष्टि से पूछा मैंने
मेरा आर्त्तनाद इतने दिनों बाद
क्यों पहुँचा पास तुम्हारे

थे सामने प्रसन्नचित्त
मेरे सपने में
बून्य* छतनार की
लिपी-पुती मुंडेर पर
श्वेताभ परिधान में तपस्वी
रंग-बिरंगे पुष्प थे चारों ओर
दूर तक
दिग्दिगंत से आकर
उतर रहे थे पाखी
छतनार बून्य पर

मैं दौड़ी तुम्हारी ओर
कर लूँ चरण-स्पर्श
रो पड़ूँ बुक्का फाड़कर
पूछूँ निदान नियति का

पर पहुँच नहीं पा रही थी
तुम तक
लगते सामने थे तुम पास ही
पर थे दुर्गम
पहुँच के बाहर

और मुड़ गये तुम सहसा
बढ़े आगे
पद्म पंखुडी से पाँव तुम्हारे
नट-केशव भैरव देवालय की ओर

क्या रुक नहीं सकते थे
और दो पल
करती मैं भी अनुगमन तुम्हारा

ओ, गुरु मेरे!

❍

***चिनार का कश्मीरी नाम**

सत्रह

आज भादों की
वितस्ता-त्रयोदशी
जन्मदिवस नदी माँ का
होड़ थी स्नान की
पुण्य सलिला में
पहुँची मैं भी अज्ञात क्षण में घाट पर
लिए घडा एक भीतर से मैला
दुर्गन्ध से भरा
किसी पापी जन सा
धोती रही रगड़-रगड़ उसे
बाहर से मैं
बुदबुदाती रही मंत्र भी सब की तरह
उत्सवी स्पर्धा पुण्य-स्नान की

देखा जिसने भी
हँसा मुझ पर
बौराई थी मैं
मतियाई

वे ज्ञानी थे पारंगत
उजली कायाएँ उनकी
अनधुले मन
मैले भीतर..
जैसे बाहर से यह घडा
माँजती मैं नदी पर

❍

अट्ठारह

ओस-भीगी प्रात
और नट-केशव भैरव देवालय का
यह उद्यान
रेशम सी चाँदनी पारदर्शी..
स्निग्ध समीर..
स्वप्नलोक..
खोल रहे थे पलकें
पुष्प धीरे से..

एकांत का यह मोहक उल्लास
चेतना शिव की
क्या कहते इसी को

कहाँ तुम गुरुदेव
सिद्ध यारबल*
घाट से मुड़कर किधर
किस सुगन्ध में समाए
यहीं कहीं तो थे
स्वप्न में मेरे अभी तुम..

इन चिकने पत्तों पर
टिकी टटकी ओस की जटाजूट से
गिरी हों गंगा की बूँदें...

क्या देख रहे हो तुम भी
किसी अदृश्य कोने से

और मैं क्यों नहीं
दिखती हूँ तुमको गुरुदेव
इस वेला..

○

---

* *पांपोर में ललद्यद के गुरु सिद्ध श्रीकंठ के नाम से प्रसिद्ध घाट*

उन्नीस

बाहर निबिड़ थी रात
किसी मटमैली कुल्या में
भीतर मैं बही जाती
निर्जीव एक देह
चक्कर घिन्नी काटती कहीं
नि:संग और निर्लिप्त
नोचता पाँचाली* काग कोई
जब तब

बाहर निबिड़ थी रात
विकराल
भीतर जमी थी बर्फ की चादर
झालर शिशिरगाँठों* का
भयावह
आशंकाएँ
मृत संवेदनाएँ

○

_*मान्यता है कि कश्मीर में पाँचाल पर्वत के कौवे विरल व भुक्खड़ होते हैं_
*शिशिरगाँठ अर्थात् बर्फ की जमी हुई पनधारियां

बीस

कहा चिड़ियों ने आज मुझसे
'देखी नहीं जाती
वेदना तुम्हारी
ले चलेंगी हम साथ अपने
किसी दिन खेत से..'

कहा नदी ने भी
'दुख दे दो मुझे अपने
दूर ले जाऊंगी समुद्र में'

और कहा छतनार बून्य* ने
'दो मुझे समूची
यातनाएँ अपनी
मैं तुम्हें हरित दूंगी छाँव शीतल'

मैंने आज गाए चरखे पर
चिड़ियों के गीत
मन ही मन
मन ही मन बहाए नदी में दीप
रोयी छतनार बून्य से लिपट कर

गिरा एक पत्ता उसका
मेरे शीश पर
उस पल..

❍

* *चिनार का कश्मीरी नाम*

इक्कीस

हो रही हैं कानाफूसियाँ
क्यों जाती हूँ
मुँह-अंधेरे
नदी पर जल भरने
चुपचाप
या उस पार वहाँ से
नट-केशव भैरव देवालय
जब होता चारों ओर
सन्नाटा
निर्जन

क्यों लौटती हूँ विलंब से ..
उठ रहीं उंगली घर में
बेधक दृष्टि से
देखता है पति मेरा
नख से शिख तक
हर दिन
देखती कनखियों से
सास मेरी

○

बाईस

आज भिनसारे
पीछे-पीछे हो लिए ससुर मेरे
दबे पाँव
दिव्य था मौन
वृक्ष थे ध्यानस्थ
घड़ा काँख में लिए
उतरी घाट की सीढ़ियाँ

उस पार थिर थी
स्थितप्रज्ञ सी
प्रतिमा नट-केशव भैरव की
सिन्दूर पुती
मौन
नवाया शीष
काठसेतु से होकर पहुँची
बैठी, बंद किए नेत्र
घुल गया दिक्, काल
अपमान, अवहेलनाएँ,
प्रताड़नाएँ हुई विलीन,
ध्यान के मेघों को किया पार
पता नहीं कहाँ जा रही हूँ

देखा सुदूर पार
पेड़ों के नीचे से
लौट रहे थे ससुर मेरे
ग्लानि से क्षुब्ध
कोसते मन ही मन
कर्कशा अपनी पत्नी को
घर घुमनी को...

○

तेईस

सुदूर पीछे
कोई कुत्ता क्यों कर रहा
रुदन
गूँजती है रुआँसी आवाज उसकी

भोर का तारा क्यों हो गया
समय से पूर्व ही अदृश्य
चंद्रमा भी हो गया
वृक्षों की ओट
अभी था साथ साथ चलता मेरे

शीश पर जल भरा घड़ा लिए
घर लौटते मैं
समझ नहीं पा रही
आशय इन संकेतों का

रोके हुए पथ खड़ा था
पति मेरा
छड़ी हाथ में लिए
नेत्रों से बरसते अंगार
ठिठक गयी मैं
नया था दाँव कोई
देखा दया से उसे मैंने

विनीत स्वर में बोली-
मुड़ो यहीं से वापस
नये पथ पर चलो साथ
बदल सकता है इसी क्षण सब
हमारे बीच
उत्तेजित..
फोड़ दिया घड़ा
जैसे चूर हुआ भोर का तारा
टूट गिरा जैसे चंद्रमा वृक्ष से
घबराया
हुआ अचम्भित अभागा
जल न गिरा फिर भी
शीश से मेरे
घड़ा था खंडित नीचे
जैसे भ्रम, संदेह, जड़ताएँ,
आशंकाएँ, दुराग्रह, ऊहापोह

वह सहसा भाग गया उल्टे पाँव
मानो थी मैं डायन कोई
पिछलपायी...

अवाक् रह गयीं पडोसिनें
दूर से देखतीं आँगनों से
रुक गये खेत जोतने जाते किसान
मंदिर जाते ग्रामवासी तटस्थ
आबाल वृद्ध
सब..

मींच लिए निमिषभर
सूर्य ने भी नेत्र
शीश पर वैसे ही लिए

जल राशि अकंप
बिना घड़े की
पारदर्शी
किया प्रवेश घर में
सहमी कोने में माँ उसकी
काँपती...
चित्रवत् हो गई देवरानियाँ
ससुर खड़े थे हाथ जोड़े
नम नेत्र उनके ..
चमत्कृत ... सविनय..

उमड़ आया गाँव पूरा
आँगन में
कौतुक...
अबूझ पहेली..
शीश धरी जलराशि से
भरे मैंने खाली बर्तन घर के
मटके, घड़वियाँ सब
फिर फेंक दिया शेष जल
खिड़की से बाहर पिछवाड़े

दौड़े ग्रामवासी पिछवाड़े
देखने उस जल को भी
यह विस्मय मेरे लिए भी अनुग्रह असीम...

❍

चौबीस

मैं टेरती रही बंद नेत्रों से
गुरुदेव को मौन
घर, आंगन में एकत्रित थीं जिज्ञासाएँ
उमड़ रही थीं दिशाएँ आतुर
असमंजस में था घर
नि:शब्द थे वाचाल
दम्भी ज्ञानी

दिखे कहीं किसी शिखर पर
श्वेत कौशेय पहने गुरुदेव
सिद्ध श्रीकंठ प्रिय सिद्धमोल
आराधते ध्यानस्थ

बोली मैं-
त्याग दिया घर-संसार
अब मैंने
इसे विद्रोह कहें
या आर्त्तनाद मेरे अंतर का
मैं नहीं अब शीश पर
घड़े में बंधी जल सी

आप्लावित हुई मैं
दिव्य मुस्कान..

गुरु के ललाट पर तैर गई
और मैं तज आई सबको
घर आँगन से होकर
बढ़ी नदी की ओर ..
पीछे पीछे
आए अचम्भित लोग..

❍

पच्चीस

आह, यह अश्रु मेरे भी
निपट अकेले और शब्दहीन
अनाथ बालकों से उदास
गिर रहे तपे तवे पर
मेरे ही भीतर

कभी तोड़ते मेरा एकांत
द्वार पर
अप्रत्याशित दस्तक
किसी अतिथि की जैसे

अरे, नहीं जानते
मेरा नहीं घर कोई
क्या सत्कार करूँगी
लौटा भी नहीं सकती वापस
आओ,
विराजो मेरे भग्नावशेष में
शून्य तो है मेरे पास

जीवित हूँ मैं
अपने दुखों के साथ
नहीं रहने देते अकेले
मुझ अकिंचन को

चाहे हँसी का पात्र ही क्यों न बनूँ
लोक में

दुख, पीड़ाएँ, मौन,
वंचनाएँ, अनिश्चय और विडंबनाएँ
आस पास मेरे
चलती हैं साथ देखने को
कोई पर्व, उत्सव
अ-देखे गाँव का
मेरे भीतर

❍

छब्बीस

वे देख रहे हैं मुझे
जैसे विस्मय हूँ सामने उनके
पगडंडी पर
अज्ञात नक्षत्र का गिरा
छोटा सा उल्कापिंड

जानती हूँ
वे पहले बनाएँगे बातें
गढ़ेंगे अनकिए अपराध मेरे
करेंगे इस तरह निष्काम निन्दा
कटेंगे उनके भी दिन
चलो मेरी नियति भी आएगी
काम किसी के
और एक दिन पूजित होंगी
मेरी पीड़ाएँ
जब मैं नहीं मिलूंगी सदेह
इस पृथ्वी पर

ये अश्रु मेरे अनागत में
चिन्हित होंगे ज्योतिर्लिंगों के रूप में
दुखों की भी कैसी होती हैं
अपनी त्रासदियाँ
○

सत्ताईस

कितने कार्य अपूर्ण
असंशोधित
बाट जोह रहे होंगे मेरी
कितनी स्मृतियाँ थीं
रखीं तहाकर
काठ की सन्दूकची में
माँ ने दी थी नेह से
उसे भी मिली थी
यह काठ की सन्दूकची
अपनी माँ से
स्मृतियों से भरी
धरोहर थी उसमें परंपरा की

कितने सपने थे
जो पालकी से उतरते देखे थे
समय के चरखे पर
काते महीन थे
एक स्वप्नलोक बुना था मैंने
सहसा आया लौटकर
फिर जैसे
कोई तुरुष्क जुलकदर खाँ*
बर्बर आक्रमणकारी
स्तब्ध हुए स्वप्नबिंब सारे

चमकते तारे
ले गया वह बंदी बनाकर
उन्हें साथ अपने
○

---

* *तुर्किस्तानी आक्रमणकारी जिसने 1320 में कश्मीर पर आक्रमण किया था और पच्चास हजार लोगों को बंदी बनाकर ले गया था पर देवसर के पास भारी हिमपात में दब गया।*

देशाटन

दूसरा स्पन्द

एक

फुदकती हैं चिड़ियाँ
आस पास मेरे
बतियातीं

नदी
जो जानती है मुझे
जैसे जन्मों से
बलैयाँ लेती बहती
असीसती

हवाएँ छू छूकर जातीं
दिशाओं में
सुनाती जिस तिस को
व्यथा मेरी
कलियाँ मुझे देखकर
खोलतीं आँखें
निहारती एकटक
आँखों आँखों सोचती अबूझ

गाएँ थनों में दूध लिए आतीं
बछड़े भी देखते एकटक
बाल सुलभ कौतुक उनका

मैंने टिकाई पीठ तरु से
जहाँ भी
ढाँपती वात्सल्य भरी छाँव उनकी
जैसे ओढ़नी

❍

दो

वे बदल रहे मुझको
विस्मय और जनश्रुतियों में
नम आंखों से तकती मुझको
गाँवों की महिलाएँ
ले आतीं दूध, फल या भोजन
बैठतीं घेरे
मंदिर-आँगन में
या झुकतीं कहीं गाँव बाहर
छूने को पाँव खुरदुरे मेरे
कुछ करतीं याचनाएँ
जैसे सिद्ध हूँ योगिनी कोई
हँसती मैं खुद पर
यह नियति मेरी त्रासद
कोई पिता तुल्य
घर लौटने को कहता
कोई दुहाई लोक-लाज की देता

कोई सुनाता
कैसे घर के पिछवाड़े
शेष जल जो फेंका था खिड़की से मैंने
बन गया ललत्राग* वहाँ पर
अचम्भा गाँव का

मौन निहारती मैं देर तक
आकाश भीतर बाहर
कभी बिछ जाता सामने
हरी दूब सा मैदान
मेरे आगे

कुछ सज्जन रोकते
रुकने को कहते उनके गाँव
मैं बुदबुदाती अस्फुट जो भी
अँजुरी फैलाते
जैसे मंत्र हो..
या सूत्र कोई..

फिर उठकर चली जाती आगे

○

---

* *वर्तमान पाँपोर में 'ललत्राग' (त्राग यानी सोता) है। अर्थात् जलकुण्ड जो ललद्यद के उस जीवन-प्रसंग से जुड़ा है। इस ललत्राग की बहत्तर कनाल जमीन थी जो कि अवैध ढंग से कब्जाई गयी हैं।*

तीन

आज घर देखा सपने में
बंद थीं खिड़कियाँ
और द्वार सूना
घास की छत से टपक रही थीं
ओस की बूँदें
जैसे अश्रु उसके
आँगन में मौन खिला गेंदे का फूल
विषाद में झुकाए शीश

तभी बदल गया दृश्यबंध सपने का...
विस्मय से देखती हूँ सामने
अपने चरखे को
था वह अब जैसे पहुँचा
नये किसी सज्जन घर में
बदल गया था सोने के चरखे में
क्या इसने भी त्यागा है
मेरे पीछे घर
और यह अंबार सूत का
कौशेय सा मुलायम
है मेरा ही काता हुआ

तब मैंने ढूँढा रसोईघर में
सिलबट्टे को

किसी दिव्य स्त्री ने किया
पारदर्शी जलकुण्ड की ओर इंगित
हुआ था मेरी यातना से
वह भी मुक्त

❍

चार

धान के गट्ठर उठाए सिर पर
वो स्त्रियाँ गाँव की
बुनती हैं युगों से
जीवन का ताना-बाना
सहज हैं ऋषिकन्याएँ जन्मजात
शिवदूतियाँ आचार्य अभिनवगुप्त की
उनके 'तंत्रालोक' की
झेलतीं यातनाएँ
अपहरण
आशंकाएँ
घोलतीं मौन में अपने

और वो पोथियाँ बाँचते व्रतधारी
प्रज्ञापराधी
पुजवाते स्वयं को
आत्ममुग्ध
डूबे जड़ता में
सुन सुनकर भी रह जाते
अ-सुने या जड़ ही
मन से देखने पर भी
रह जाते अदेखे
धारणा से ही वंचित वाचाल

और ये स्त्रियाँ सहज ही
तपस्विनियाँ
पर अचैतन्य..

❍

पाँच

मेघों से पटा
फाल्गुनी नभ
हिमपात के तेवर
हेरथ* की पदचाप कश्मीर में
लिपा-पुता होगा घर
सीढ़ी-सीढ़ी
दीवालों में स्पर्श हैं मेरे
अनिन्द्य श्रम के

उतारी गयी होगी
घर आई कुम्हारिन की आरती
जो घडे, मटके, सकोरे, दीपक,
देगचियाँ, हांडियाँ, चोंचे* दे गई होगी
इसबार भी सजेगा अर्ध-रात्रि
घर में वटुकनाथ भैरव
व मंगल कलश उनके
बेलपत्र, गेंदे के फूलों की सुगन्ध
फैली होगी पूरे घर में

मैं अकिंचन दर्दवन में
चलती चली जा रही हर ठौर
नदी में बह रही एक दिये सी अज्ञात में

○

---

* *कश्मीर में शिवरात्रि पर वटुक भैरव की पूजा होती है। इसे हेरथ (संस्कृत हर-रात्रि) कहते हैं।*
* *चोंचे अर्थात् काठ की कड़छियाँ*

छह

माँ, मत आओ बारबार
मेरे सपनों में
मैं अब नहीं लौटती
तुम्हारे गर्भ में
गहन है प्रेम तुम्हारे मातृत्व का
पर मैं लल त्याग आई हूँ घर
कटेगा कहाँ नाभिनाल तुमसे
पिता,
तुम भी रोओ मत
एकांत में रात दिन
छंटने दो अश्रु-मेघ ये काले
इसी मन-आकाश में
पूनम की चंदा मैया सी खिलूँगी
आऊँगी तुम्हारी खिड़की के सामने
तब देखना मुझे सबके साथ
खुले में
आशीष दो, ओ पिता!

जानती हूँ माँ
देह, रूप, यौवन मेरा
हैं चिन्ता तेरी
आशीष गुरु का
अनुग्रह शिव का कवच मेरा
❍

सात

आज नगर में घूमते
ठिठके कुछ लोग
देखा अचरज से उन्होंने
कैसा वेश मेरा मलिन
धूल-धूसर अचिंत
तार-तार कहीं से
और केश खुले मेरे असँवरे

हँस दिए कुछ
अन्योक्तियाँ उछलीं हवा में
ठिठोली की आपस में
रही अलिप्त
समझाया मन को

उठीं परसों भी कीच की छींटें
मेरे कहन से
करते रहें हवा का शिरच्छेद
हाँ, मैं बौराई
कठविज्ञों* की दृष्टि है

क्या जाने वे
मैं प्रेमपगी मतियाई ललेश्वरी
टोहती दर-दर शिव को

नंगे पाँव

करती उपहास
मिथ्या, असत व उनके कपट का
हँसें..चाहे कितना भी..
दया से देखती उन्हें मैं
जो तटस्थ जीते क्षुद्रता में

मैं अकेली मंझदार में
हिचकोले खाती नैया मेरी
सांसों से खींचती
लड़ती उत्ताल लहरों से
वे क्या जाने
छटपटाहट मेरी
पल-पल

○

* **जड़बुद्धि**

आठ

कहा उन्होंने
यह बोल तुम्हारे वाख* हैं अमूल्य
अमृत की फुहारें अन्तस पर
स्पन्दित होता रोम रोम

कहा उन्होंने
किए कंठस्थ कुछ ने
और आकुल हैं कुछ
सुनें वे भी तुम्हारे श्रीमुख से
पर तुम रहतीं निर्लिप्त

ये वाख जन्मभाषा में
देवी कश्मीरा की वाणी
आती समझ सभी को
नहीं तकना पड़ता मुँह
संस्कृत के आचार्यों का

मैं रही सबको
अचरज से सुनती
पता नहीं कब किधर-किधर
कहे ये वाख मैंने
गाए भी नहीं

क्यों नहीं करती लिपिबद्ध इन्हें मैं
पूछा एक ने विनय से
सुना है परम व्योम में
रहता है शब्द
और अर्थ उसका
वाणी होती है प्राप्त यज्ञ से
जो स्वयं में चेतन है

पर कहाँ वो यज्ञ किया मैंने
क्या सच में हैं ये वाख ही
जो आते परम व्योम से
सोच में हूँ तब से मैं भी

❍

---

* *ललद्यद के पद वाख कहलाते हैं जो संस्कृत के वाक्य का अपभ्रंश है।*

नौ

मैं चलती चली जा रही
करती उपत्यकाएँ पार
छान मारती
पर्वत-अंचल
वन-प्रांतर गहन
अबूझ पहेलियों सी पगडंडियाँ
डालतीं द्विविधा में कभी
खेतों की मेंडें
यात्री अजाने
सहयात्री
कुटियाओं में
धूनी रमाए तपस्वी
वन्य प्राणियों से निश्चिन्त सहज

कौन वो गाँवों से बाहर
वनों में तपस्विनी जोगिनें
योगिनी-चक्र व समूह उनके

कितनी बीहड़ है यात्रा मेरी
गन्तव्य कहाँ
पाना क्या किस देश
कौन परिवेश
वो अज्ञेय

अभी गुरु सिद्धमोल भी नहीं
सुझाते पथ अंतिम
जाने कहाँ हैं बैठे
किस क्रिया में लीन..

अकेली मैं
जैसे खंगालती हवा को
बांधती गठड़ियाँ
नित्य बदलते अनुभवों की

वो पगडंडी सर्पिल
कौल मार्गियों की
चली दूर तक उसपर
किए सब निर्दिष्ट अनुष्ठान
पढ़ा 'कुलार्णव तंत्र' परत-परत
फिर देखा उस दिशा को जाता
अन्य पथ क्रम का
जाना 'क्रमस्तोत्र' का निहितार्थ
की चर्चाएँ त्रिक की
'विज्ञान भैरव तन्त्र' की
प्रत्यभिज्ञा, स्पन्द की
अन्य संकायों की
फिर भी चलती चली जा रही मैं
अविराम
निशि वासर ढूँढ़ रही मैं
शिव को..

क्या यह भी विधि है
पाने की तुम को

❍

दस

स्मरण हो आते वो स्थान
गयी भी नहीं होती मैं
पर जैसे चली होती हूँ मैं
उसकी दूब पर
बैठी होती
उन अज्ञात पेड़ों के नीचे
पीठ टिकाए
हमने कभी छोड़ी होती हैं
स्मृतियाँ अमिट
अपने पीछे
हमें जब भी आती है
घर या गाँव की याद
वे भी उस पल
सोच रहे होतें हैं
सघनता के साथ हमें

मैं खेल रही इस समय
बचपन की यादों में
गाँव बाहर खेत में पेड़ के नीचे
सखियों के साथ
वे भी कर रही होंगी मुझे याद
इस पल..

○

ग्यारह

हर सूर्योदय
मुझे नया क्यों नहीं लगता
वही धूप
वर्षा वही
ऋतुएं
फूलों का खिलना
मुरझाना वही...
प्रेम, अवसाद, विवाह..

निठुर सूर्य के पीछे
अनंतकाल से भागती
पुकारती निःशब्द
हमारी चंदा मैया
मैं हुई तो नहीं जा रही विक्षिप्त
करूँगी कुछ विश्राम मैं
जो नहीं
भाग्य में मेरे..

○

बारह

यह कौन वन प्रांतर
आई कहाँ सुदूर
किस पगडण्डी से होकर
सूर्यास्त से पूर्व का पल
सामने नदी बहती जा रही
सेतु है करना पार
पाँव में पड़ी बिवाइयाँ
करती हैं दर्द
क्या करुँ
नाव तरावा भी नहीं
पास मेरे
लंबी हुई जा रही छायाएँ
वन्य प्राणी लौट रहे घरों को

कहा था उस पथबंधु ने
याद रखना मार्ग आगमन का
मैं पहुँची मूर्खों के देश

○

तीर्थाटन

तीसरा स्पन्द

एक

सामने पथ है निमंत्रण
क्षितिज तक
पहुँचना मुझे गंतव्य
चलती जा रही मैं अविराम

जीवन के विस्मय,
सन्देह, आशंकाएँ
छोड़ते पीछे
पहुँच रही नये संसारों में

कितने हैं हम में
देख पाते अनेक समयों को
एक ही समय में
या बन पाते दृष्टा अपने
उस मोड़ पर
टूट जाना शीश पर धरे
जल भरे घड़े का
बदल गया घर लौटने का मार्ग मेरा
बदल गया जीवन
और ध्येय मेरा

यह जो जोगिनें व भिक्खुनियाँ
हुई हैं यहाँ अतीत में
जीवन के मोडों पर
टूट गिरे होंगे घड़े
उनके भी
और मुक्त हुई होंगी बंधनों से

पर क्या त्यागना घर
आना बाहर
पर्याप्त रहा होगा
कितना चली होंगी अनिकेत
त्रासदायी सुरम्य उपत्यका में
लक्ष्य की गहन गुफा में
ध्यान में विश्रान्ति पाने से पहले
छली गई होंगी कितनी बार
लक्ष्य अभी दूर मेरा
और दुर्गम..

○

दो

काल के अजस्र-प्रवाह में
शताब्दियों पूर्व हुए
यहाँ आचार्य वसुगुप्त के गाँव में
अनुभव कर रही मैं
विचरती महादेव गिरि* की तलहटी में
साँय-साँय करतीं हवाएँ जैसे
बुदबुदातीं उसके शिवसूत्र
जो उत्कीर्ण मिले थे
यहाँ अरण्य में ध्यानस्थ
उसे इस पुण्य सलिला तट पर
शंकरपल (शिला) के नीचे

उतारे थे भोजपत्र पर
कैसे देखा होगा अभिभूत
एक एक ज्ञानाक्षर को
मुझे क्यों लगता है
थी मैं भी वहीं उस पल
आचार्य वसुगुप्त की बगल में
सहचरी उनकी
तीर्थाटन में
करती श्रवण उनके विमर्श का
पर क्या भटक गयी थी
तब कहीं मैं

अभी भी हुआ नहीं क्या
श्राप मोचन जिसका
ज्ञात नहीं आई किस पगडंडी
किस दिशा से चलकर
कौन मार्ग मेरा लौटने का
उत्स तक

देव,
यह जप, तप, अनुष्ठान
नहीं काम के मेरे
व्रत-उपवास नहीं
सहज विधि कोई

मैं ढूँढ रही तुमको
जन्मांतरों से प्रेमपगी
कहाँ हो...?

❍

***श्रीनगर स्थित हारवन और निशात की पृष्ठभूमि में पर्वत**

तीन

यह सघन वन
द्राक्षाग्राम* का
विचरते यहाँ तपस्वी
कुछ ध्यानस्थ जाने कब से
आस पास कुलाँचे भरते
संकोची हाँगुल*
भाग जाते आशंकित झाड़ियों की ओर

एक हाँगुल आया पास मेरे भी
रुका कुछ पल
तकता रहा तरल चमकीले नेत्रों से
जैसे जन्मांतरों पार से
पहचान पाने की सुध टटोलता सा
सहज भाव उसका..
या रह गया हो दंग
मेरी विस्मृति पर

कौन तुम ओ, मृगशावक?
तैर गयी मुस्कान सी
उसकी आँखों में
फिर पलक झपकते
हुआ तिरोहित पवन वेग से

यह द्राक्षाग्राम
क्या अरण्य है मेरे अंतस का
प्रतिबिंब मेरे चंचल हाँगुलों की
तरंगों से भरा स्पन्दित
ये हाँगुल ही तो चले आते हैं
मुझे हेरने जैसे
कहीं भीतर से मेरे
बार-बार

○

**वर्तमान दाछीगाम, हारवन के निकट*
**दुर्लभ कश्मीरी हिरण*

चार

लौट आई बाहर
द्राक्षाग्राम से धीरे धीरे चलते
गुनते
पहुँची यहाँ चंद्रपुर* में
भुवनेश्वरी माँ के प्राँगण में
व्याप्ति दिव्य शान्ति
सत्य कहा था पिताश्री ने
पास के पठार से जैसे
आती अनुगूँज आज भी
धम्मं शरणं गच्छामि की
चौथी बौध सभा* के अस्फुट मंत्र
अर्थ छायाएँ
निष्कर्ष, संकेत सब..

कहा था पिताश्री ने
शून्य का किया था यहीं उद्घोष
पूर्वज बौधों ने
पूछूँगी गुरु से क्या है यह शून्य
सत्ता विहीनता..
या नास्ति..
क्या है..क्या है..क्या है
कैसे समझें

करें अभिहित उसे
कल भिनसारे उस पठार पर
भग्नावशेष..
सुनूँगी बोधिसत्वों की पदचाप

○

***वर्तमान चंदपुरा, हारवन**
***कनिष्क के शासनकाल में यहीं कुंडल वन में आयोजित बौध सभा का सन्दर्भ**

पाँच

वो उस पार
शारिकापर्वत* चक्रेश्वरी के पीछे
ढल रहा सूर्य
उतरेगी सन्ध्या अमावस की
श्रीनगरी पर
ढाँपते हुए निबिड़ आवरण में
सिन्दूरपुती श्रीचक्र शिला
वो पुरातन चक्रेश्वरी
सो जाएँगे घरों को लौट रहे
क्लांत जन
जो दिख रहे जागे
यह सुरेश्वरी तीर्थ डल की जलराशि में
यह शंकराचार्य पर्वत,
यह निनाद घंटियों का होगा
विलीन शून्य में
ये नीड़ में लौट रहे पाखी
जैसे शब्दों में आशय

यहाँ से सूर्यास्त देख रही मैं
जैसे युगांत कोई..
मेघाच्छन्न हुआ था
कौंध गई थीं बिजलियाँ
इसी श्रीनगरी पर

सहमी चर्चाएँ घर में होतीं
अवाक् हो जाते सब..
दस-पंद्रह वर्ष ही हुए अभी
कैसे आए थे विधर्मी तुरुष्क
आक्रांता मंगोल*
बर्बरता..हाहाकार..
लूटपाट..
भागे थे लोग वनों को
घरों से उठा ले गये थे
स्त्रियों को अपने साथ..
क्या करती होंगी तुरुष्कों के देश में
वे अभागी बहनें हमारीं
याद आती होगी
उन्हें घरों की
अपनों की
देख रही हूँ अंधेरे में होते विलीन
श्रीनगरी को होते श्रीहीन
छायाएँ पेड़ों की उलझी
वक्रिल

देव, आज क्यों याद आ रहा
हृदयविदारक अंत
कोटारानी* का
उस विश्वासघात का
सुनाते थे पिताश्री कैसे
भर आई आँखों से व्यथा युग की
नियति के खेल निराले
❍

***वर्तमान हारीपर्वत, श्रीनगर**
***जुलचा उर्फ जुलकदर खाँ और अचल के आक्रमणों का सन्दर्भ**
***1339 में कश्मीर की अंतिम रानी**

छह

आज कहा एक कठविज्ञ* ने
चाहिए लौटना मुझे पति के घर
निःशब्द रही देखती उसे
मैं अनिकेत
कब से ढूँढ रही घर का ही पथ
आती-जाती रही अविच्छिन्न
जन्मांतरों से
पथिक अविराम

क्या कहती उससे
वो याचित मार्ग मिलते ही
चलूँगी निरत उसी पर
झाड़-झंखाड़, नदी, सरोवर,
पर्वत, अरण्य बीहड़
करूँगी पार
घिस जाएँ चाहे तलुवे
छिल जाएँ
नहीं विश्राम करूँगी

आई हूँ झंझावात सी बाहर
उस यातना घर से
पहले आँगन में
फिर गली-गाँव में

पूरी उपत्यका में

उन्मत्त मैं प्रेमपगी बौराई
अखंड़ प्रेम में
ढूँढ रही उसको ओने-कोने

और तुम कहते हो लौटूँ
तमस में...

❍

*जड़बुद्धि

सात

आज फिर पूछा
एक सहृदय ने
कैसे कहाँ से आते हैं वाख मेरे
क्या कहती कैसे समझाती
उस दिन कुलवागेश्वरी* के
जलकुंड के सामने बैठी
मैं कितना रोई थी
वरद हस्त रखो, हे माँ
शीश पर मेरे!
वो ही अमृतकुंड है कदाचित
भीतर कहीं मेरे
वाणी का उत्स..
अरे, नहीं जानती
ध्यान, धारणा, सोहम
कुंडलिनी शक्ति के अनुभव
ये कैसे आते बाहर अगम्य से
परा, पश्यंती, मध्यमा से वैखरी में
नहीं जानती..
पूछूँगी गुरु से
गुरुपाय:*

❍

***कुलगाँव कश्मीर स्थित तीर्थ**
'गुरुपाय:' आचार्य वसुगुप्त का एक शिवसूत्र है

आठ

पग पग देख रही
उपत्यका ओर छोर
पर शिव नहीं दीखते साक्षात्
होती मैं विभोर
जानती हूँ आप्लावित हैं
यात्राएँ सम्भावनाओं से
धैर्य, तपस, तितीक्षा की
कदाचित् परीक्षा है दुर्निवार
देख रही हूँ उत्तर दिशा में दूर
हरमुख* गिरि
समाधिस्थ गगन में
उतरती हरमुकुट से गंगा
करती एकांत में
शिव से परिणय अनूठा
जाऊंगी मैं भी इस वर्ष
चढूँगी दुर्गम भरतगिरि
ढूँढूगी उसे हंसद्वार* सरोवर में
बढूँगी आगे गंगबल* तक
करूँगी अनुसरण
पार्वती के खोजी पथ का
क्या पता वो ही हो मेरा भी पथ
लक्ष्य तक जाता..

यहाँ मैं बैठी गुफा में
देख रही देहरी पर हिलती दिए की लौ
कह रही मानो
री, ललेश्वरी..कितना भटकोगी
इस अरण्य में
और कब तक..

○

**15, 426 फीट ऊँचा हरमुख शिखर*
**हरमुख-यात्रा में हंसद्वार तीर्थ है। मान्यता है शिव को खोजते-खोजते यहीं से विरहिनी पार्वती ने उसे गंगा के साथ परिणय करते पाया था।*
**गंगबल हरमुख गिरि की तलहटी में ढाई किलोमीटर लंबी झील है*

नौ

बदल गई ऋतु
झर गये वृक्षों के पात-पात
खड़े विवस्त्र शीत में
जोड़े हाथ
जैसे विधाता के सामने
रो रहे निःशब्द
ग्लानि से भरे
अपने झरे दम्भ पर

कहाँ वो कल-कल नदियाँ
इतरातीं इठलातीं
आज कृषकाय सी पड़ीं जलहीन
अनदेखी
वो डाल-डाल रंग बिरंगे
महक बिखेरते पुष्प
और उन पर मंडराती
तितलियाँ, भौंरे

वे कल जो उड़ते थे
सातवें आकाश में
आज पददलित घूमते गलियों में
धूल धूसरित रंक वे
मांगते खाने को

रोटी का टुकड़ा एक

वो गाण्डीवधारी कल का
आज वृहन्नला
नाच रहा अज्ञात
भेस बदल द्रौपदी वो राजवधु
दिन काटती..
दारिद्र्य यह स्थिति
या नियति के खेल..

❍

दस

अपार यह महापदमसर*
और वो...
सुदूर कुहासे को चीरता कौन
अकेला नाविक जा रहा
गहन मन को भेदता
गा रहा गीत
उत्ताल तरंगों पर स्पंदित
स्वर उसका
जैसे मेरा ही कोई वाख
खे रही मैं भी नौका
रात दिन सांस सांस से
अनुग्रह की याचना
पथ मेरा..

○

***कश्मीर की विशाल वुल्लर झील का मूल नाम**

ग्यारह

नहीं जानती
कहाँ हूँ इस पल
छूट गयी बस्ती पीछे
आगे विजन है फैला
सुदूर उस पुल के छोर पर
हो रहा सूर्यास्त
पेड़ों की छायाओं का संजाल
रहस्य प्रकृति का सम्मोहक

मैं जा रही कहाँ अविराम
जानती नहीं किसी को भी
जाऊँगी पार गाँव में
उठ रहा चूल्हे का धुआँ
सान्ध्य नभ में
बुला रहे नाविक
पर नाव तरावा नहीं पास मेरे
मैं पैदल-पैदल जाऊँगी
पार गाँव
रुको, सूर्यदेव कुछ देर
मेरे पहुँचने तक उस गाँव

○

बारह

कहा उसने
दुखदायी ये दसों इंद्रियाँ उसकी
भागती दिगंतों में आवारा
चपल मन भी करता अठखेलियाँ
साथ उनके

हाँक लगाता वह दौड़ता
वापस मोड़ता
समझाता
मनचले बच्चों को जैसे
समझाती माँ
उजले भविष्य व चिर सुख के सपनों की
आश्वस्ति देता वह सबको
पर कहाँ मानती मनचलियाँ
लाँघती फिर फिर
लक्ष्मण रेखाएँ

कहा उससे मैंने
झंझा है
बंद करो खिड़कियाँ
दरवाजे अपने..
देखो स्वयं को

शिव और शक्ति को बैठे
और उस क्षणांश के अमृतसर में
करो विलीन
जल में लवण की तरह
घुल जाओ

वत्स, कठिन है कहन मेरा
पर है साध्य

❍

तेरह

आज बैठी घाट-घाट घूमते
भट्ट-विहार* देवालय में पूरी रात
देखी फहराती पताका
हरित व अर्ध-चंद्र अंकित
विधर्मी आस्था केंद्र
सशंकित भट्टों ने बताया
यह प्रचारक था आया खुरासान से
तुरुष्क सुहरावर्दी सूफी कोई
सैयद बुलबुलशाह*
कहलाता
अपने ढंग से करता-करवाता
अपने अल्लाह की पूजा
माला फेरता हमारे संतों की तरह ही
करता अपने ग्रन्थ का बखान
अपौरुषेय है
आकाश से उतरी आयतें उसकी
बताया यह भी है उसने
कि अंतिम हैं पैगंबर उनके प्रश्नातीत
दयावान बहुत
पर अनिवार्य है अनुपालन..
कठोर

आते हैं शीर्ष पदाधिकारी
नरेश के
अश्वारोही
लेने आशीष
प्रेरणा नये मत की
पाँच-पाँच बार गूँजती
अजान उस सूफी की
धर्मांतरितों की..

यह आहट नये युग की
धर्मांतरण की..

❍

वर्तमान बटयार, आलीकदल, श्रीनगर

मध्य एशिया से 1324 में अपने गुरु नियामतुल्ला वली फारसी के निर्देश पर कश्मीर में इस्लाम का प्रचार-प्रसार करने आए पहले सुहरावर्दी सूफी सैयद; वर्ष 1326 में मृत्यु हुई बताई जाती है।

चौदह

देव, मैं तेरे पथ की अन्वेषी
दुर्गम है, तो हो
                    कितना भी
पर दिखता नहीं क्यों
मुझे अभी तक
चलती चली जा रही मैं
अथक
कब तक यों ही
लेते रहोगे परीक्षा धैर्य की
देव,
कहाँ वो पथ तेरा
है शिव तू ही केशव,
ब्रह्मा या जिन भी तू ही
तो करूँ परम अनुभव मैं भी
अनुभव है स्वधर्म
सनातन, मौलिक,
संशयहीन आनंद की मदिरा..
रहूँ उन्मत्त उसी में..
निर्विकल्प..

देव, मेरे पाँव की देखो
फटी हैं बिवाइयाँ
❍

पन्द्रह

वे निरीह भेड़ें अवाक्
निर्जीव सी बंधी खड़ीं
वधस्थली वो
जीवनांत घड़ी उनकी
नहीं भूलती मैं
निरीह आँखें उनकी
मूक, मुखर, निर्विकल्प
मिमियाती तक नहीं
अंत में पंक्तिवार बढ़तीं इंद्रियों के
गूढ़ भीतर
मृत्यु-विवर में..

जानते हैं नियति अपनी
हम भी उनकी तरह ही
पशु बंधे
अपने ही कालपाश से

भूलती नहीं निरीह आँखें
अवाक्
अंत में..
❍

सोलह

रात दिन
हिमपात यह..
ढक गई श्वेत आवरण में
पगडंडियाँ
पर्वतों से जाती अमरेश्वर
स्वामी अमरनाथ गुफा को
पहन लिए पर्वतों ने
बर्फ के प्रावरण घुटनों तक
पेड़ों की टहनियों पर
तहें बर्फ की
शिव की जटाएँ जैसे
कभी हिलती कोई अलका
गिरती बर्फ उसकी
जैसे भभूत

यह हिमपात क्यों
अवरुद्ध कर रहा
डगर मेरा
क्यों हो दूर दुर्गम हे अमरेश्वर!
पर्वतों पार
क्या निर्जन एकांत गुफा में
नई अमरकथा कोई

सुनाने बैठे हो
भैरवी पार्वती को..

फंसे हैं अभागे सहयात्री
कुछ बर्फ के नीचे तिरोहित
कुछ इधर उधर
यहाँ कुछ
जहाँ जोगियों के सानिध्य में
रमाई धूनी उन्होंने
ताप रहे हम ठिठुरते शरीर
वे पी रहे चरस की चिलमें
जैसे विभ्रम की धुंध
बाह्याडंर
फिर गुँजाते जयकारे
मैं देखती बाहर
कुटिया से हिमपात...

❍

सत्रह

कहा मैंने एक जिज्ञासु से
जीवन हो चला है
जड़ हमारे समय का
सुनता नहीं बात किसी की
कोई
दम्भी हैं घूमते सब ओर
सर्वज्ञ बने फिरते
खोदते जड़ें अपनों की
कोसते भाग्य को
न कि अपनी अकर्मण्यता को
अदूरदर्शिता
स्वार्थपरता को
देखती हूँ सुदूर
पसर रहा सन्नाटा
जमा हो रहे मेघ
भाग्य-नभ पर
जैसे पश्चिमी सीमांत पर
गोद में लिए बिजलियाँ
अट्टहास
संत्रास ही संत्रास
असहाय..
देव,
यह कैसा प्रपंच तेरा
○

कायाकल्प

चौथा स्पन्द

एक

रखा शीश पर मेरे
वरद हस्त गुरु ने
जन्मांतरों से बंद
खुल गए सघन मेघों के बीच से
कपाट तीर्थ के
                    भीतर कहीं मेरे
भूलती जाती हुई मैं
जो कुछ था संचित
मन, बुद्धि, चित्त, अहंकार
पर पड़ी धूल
उड़ गई धीरे धीरे
निखर आया प्रात नभ नीलवर्णी
मैं उड़ी जा रही अनंत में
व्याप्ति में ढुलकती अश्रुकण सी
ध्वनि के अनुरणन सी
होती जाती निःशब्द
श्रुति-संवेदन सी ओझल

शून्य में स्थिर हुए गुरु
समक्ष मेरे
आप्लावित
मुखमंडल

चंदन तिलक
गौरवर्ण कौशेय वेष पहने
हाथ में नक्षत्रों की माला फेरते
मैं अवाक्
विस्मय में
दत्तचित्त..

बोले,
अब आओ भीतर अपने
यही है पथ तुम्हारा
अंतर्मुख
कठिन है सुदूर, सर्पिल,
दुर्गम
पर है पथ यही
आई हो चलकर इसीसे
अनुगमन करो इसी पर
लंबा है
ऊर्ध्वमुखी..

❍

दो

चिर प्रतीक्षित यह क्षण
अनाम
भीतर भीतर
कायाकल्प का
यह मंद पवन
बिखेरती सुगन्ध अचीन्ही
थिरकती ज्योत्स्ना
मानसबल* की जलराशि पर
सन्तूर पर बजती
अलौकिक राग सी
उतरते चले सहज ही
आवरण मेरे पाँचों *
जैसे नागिन के केंचुल
हुई निरावरण मैं भारहीन
हर्षित मन
प्राकचेतस
मैं नर्तक आत्मा घूमी ठोर-ठोर
नाचती नीलांबर में
विभोर..

○

---

* ***कश्मीर की एक मनोरम झील***

* ***शैव में पाँच आवरण हैं कला, काल, विद्या, राग, काल और नियति***

तीन

मुड़कर पीछे
आज देखा यहाँ से
कितना चली हूँ
ऊबड़ खाबड़
झाड़ झंखाड़
सपाट और खाइयाँ
वन प्रांतर
भीड़, निर्जन..
किए तीर्थाटन कितने
कितनी बार टूटी
हुई हताश
बनी उपहास का पात्र
फिर फिर उठी
चली, चलती रही
दिक्, काल व निमित्त के
इस संगम तक
जहाँ हुई पुनर्नवा
कायाकल्प यह मेरा
पहले हँसते थे लोग मुझपर
आज मैं हँसती हूँ स्वयं पर
अज्ञान पर अपने

दिग्भ्रमित मन पर
पग पग पर..

स्वयं पर हँसना
यह भी अनुग्रह शिव का..

❍

चार

उतरी भीतर अपने
गहन से गहनतर
और और गहनतम निज में
तिरते मेघ किए पार
अंबर में
वे फिर फिर आते
होते प्रकट अज्ञात् क्षण में
बदलते रंग उनके
जैसे खुलतीं अर्थ-छायाएँ
शब्द-आकाश की
मैं तरंगित और स्पंदित
पर निःशब्द फैलती जाती
सहज ही अनायास
यह व्याप्ति के वैभव का
कैसे कैसे पारावार शून्य के अनंत
बचते बचाते स्वयं को
धँसने से शून्य के विवरों में
जो मुँह बाए रहस्य
अनादिकाल से..

मैं लौटती हूँ वापस
उतरती धीरे-धीरे
जैसे अपनी ही परछाई सी
साझा करूँगी यह अनुभव
गुरु से

❍

पाँच

ओ बहन मेरी,
समझती हूँ वेदना तुम्हारी
अनकही सब स्त्रियों की
इच्छाएँ पालना मर्यादित
सपने भी मर्यादित
वाक्, वचन, व्यवहार मर्यादित
व्यथा नहीं भिन्न
किसी स्त्री से तेरी
कह दी अनकही तूने
दिखाए अदीख घाव अपने
सूखे अश्रु हैं
गाथा अलिखित
पहले नियंत्रण में पिता के..
फिर पति के..
फिर बेटों के..
फिर समय के
समष्टि के
घात लगाए बैठे
मिलते अधम
जहाँ तहाँ

ओ स्त्री, चेत!
जैसे चेत गयी मैं ललेश्वरी

जगी गहरी निद्रा से
यह आकाश तुम्हारे स्त्री-मन का
अनंत अनादि
नाप लो उड़ान भरकर
ये सितारे
तारामंडल
संचालित करतीं तुम
ऋतुएं, विहग, अध्यात्म
तुम हो नित्य पुनर्नवा
परिपूर्ण दिपदिपाती
संतूर-वादिनी शारदा तुम
विवेक तुम
गृहलक्ष्मी का वैभव तुम
चंडी तुम ही
यदि चेत सको
तो तुम से है सब
तुम हो अनन्य
रुद्रमणि नीलकंठ की
नित्य नवल पुनीत
देह में शिव हो
गेह में शक्ति
नाद में बिंदु तुम
स्वायत्त...
तब कैसे भेद
निर्देश और वर्ण ये
जाति है मिथ्या
कौन मर्यादित कर पाया
आकाश को
जो तुम्हारा अनुराग है

चेतो बहना!

छह

यह प्रज्ञा कालजयी
करती मेरे चित्त को रस-सिक्त
मैं स्मरण करते तुम को
हो जाती तुम ही
होता अभेद का अनुभव
नहीं रहती मैं ललेश्वरी लेशमात्र भी
मिट जाते अंतर्द्वंद्व
वर्ण, जाति और लिंग भेद के
यह जल, यह अग्नि,
पृथ्वी, आकाश, वायु
पाँचों से होती एकाकार
यह भाव और अनुकीर्तन
लेते रूपाकार
निराकार
सब तुम
अस्तित्व और अनस्तित्व
उसके परे भी अबूझ तुम ही
तुम्हारा ही विस्तार
रस, रूप, गंध, स्पर्श और शब्द
सब तुम ही व्याप्त
एक भाव विशेष
जड़-चेतन में

अनंत और अनादि तुम ही
यह ब्रह्मांड
अखंड मंडलाकार
चेतना-प्रवाह
अजस्र तुम
हम, यह, वो, सब
बालु कण भी तुम ही
फिर अन्य कौन
तुम से इतर ..

❍

सात

मैं देखती हूँ
समयों के पार
जन्मांतरों के भी
जैसे दिखती हैं वस्तुएं
ठोस
लोगों को अपनी..
कितनी बार देखा है प्रलय
फिर सृजन
सतीसर* को देखा है जलहीन मैंने
कभी देखा आकाश तक
उसे भरा उफनता
एकबार उत्तुंग हरमुख शिखर से
क्रमसर* तक सेतु से गयीं हूँ
ओर-छोर
दसों दिशाएँ नहीं मुझे
करतीं बाधित
पार उनके भी
लाँघती हूँ शून्य सहज ही
यह आकाश

करतीं हूँ प्रवेश स्वेच्छा से
उस अलौकित क्षण में
जहाँ उन्मीलित तुम

निमीलित भी
मैं ललेश्वरी करती विलय
तुम में निर्विकल्प
यह समाधि मेरी
लिए चलती
रुकती, उठती, बैठती
सोती और जीती सांस सांस
ललेश्वरी हूँ मैं
अनुगृहीत

○

---

* *कश्मीर की प्रागैतिहासिक विशाल झील जो आख्यान में सतीसर नाम से प्रसिद्ध रही है।*

* *पांचाल पर्वत श्रृंखला की तलहटी में वर्तमान कौंसरनाग झील जिसे नीलमतपुराण में विष्णुपाद भी कहा गया है। यह कश्मीर के जन्माख्यान से भी जुड़ी है।*

आठ

बोले गुरु सिद्ध श्रीकंठ
'यह अनश्वर
ध्वनि आकाश है ओम
लौट आई जहाँ से
अभी तुम
वर्ण नहीं उसका कोई
गोत्र नहीं
रूप नहीं
प्रतिबिंब है नाद बिंदु का'

गुरु का मौन था मुखरित :
मन के तुरग पर
आरूढ़ नहीं हो पाते सब
नहीं जान पाते
यह अग्नि जो शिव है
सृष्टा है असंख्य अणुओं का,
इस दिक् और काल का,
स्पन्दन का
यह अग्नि है मुख'
बोले जा रहे थे गुरु
मेरे अनपूछे प्रश्नों के उत्तर

'ये वाख' भी तुम्हारे

हैं अग्नि..
छंद रश्मियाँ
ये मन, आत्मन्, प्राण, बल,
विद्युत, ऊष्मा आदि
सब शिवत्व है अग्निरूप
पुरोहित है सबका'

मैं करबद्ध बैठी सामने
सहज आसन में
बोली मन ही मन,
'मैं कृतज्ञ आपकी
दिखाया सन्मार्ग मुझे
बताएँ निर्देश आगे..'
देखा निर्निमेष मुझे उन्होंने
कुछ क्षण
और स्वयं अंतर्मन में
गूँजे जैसे शब्द उनके

'यह शिवत्व का
चैतन्य विस्तार हो तुम ही

'तुम थामो भटके हुओं का हाथ
वात्सल्य से
बताओ जग को सत्य
इस अपरिचित नये समय में
मूलोच्छेदन से
रक्षा करो जन जन की
पास उनके जाओ
पर रमे रहो शिव-चेतना में
अहर्निश..'

❍

नौ

समझाया गुरु ने
अपने मुखर मौन से
शून्य नहीं है शून्यता..
अनस्तित्व..
महारिक्ति..
विलोम..
या नास्ति..
विचार है पूर्वजों का

फिर भी संज्ञा
पूछती हो इसकी
स्वरूप अमूर्तन
है अनिर्वचनीय ...
यह गुह्य पद
बोधिसत्व नागार्जुन का
है ब्रह्म वेदांतियों का
जो दिखता नहीं प्रथम दृष्टि में
विज्ञान, पराभौतिक
यह शून्य पद
है नहीं अगम्य
मेरी दृष्टि में..

पूछा मैंने
क्या शिव को
कह सकती हूँ शून्य
स्वातन्त्र्य गुण है निहित उसमें
चैतन्य है जिससे..

रहे मौन कुछ पल गुरु
फिर बोले,
'शून्य है अभाव'

'अर्थात् क्या?' पूछा मैंने
बोले वह,
'परम चेतना में
निहित हैं शिव व उनका
यह सृष्टि वैभव ..'
मैंने पुनः किया निवेदन,
'समझाएँ वो भी ..'
बोले,
'सद्-भाव' कह सकती हो
यह सृष्टि होती है जिसमें
विलय-भाव में ठहरी
शून्य नहीं अछोर रिक्तता का
अशून्य कह सकती हो इसे
फिर से देख आना
ध्यानस्थ'

❍

समवेदना

पाँचवां स्पन्द

एक

कहो कुछ भी तुम
मैं कहूँगी
सत्य नहीं असत्य को
ये बाह्याडंबर,
कुप्रथाएँ,
रूढियाँ हैं छील रहीं
विवेक तुम्हारा
हँसी आती है देख
पाषाण का करते हो पूजन
ओ कठबुद्धि मेरे भट्टा
समझ न आएगी तुमको बात मेरी
यह शिला है भूतल पर
बने हैं शिल्प उसीसे
चक्की भी
पथ भी
देवालय भी
और विवेक हीन
तू क्या समझेगा अंतर
भटके हो
देखो निज को
भीतर अपने
तत्व का सूत्र है
बूझो वत्स!
○

दो

नहीं जानते हो विराट से
मनुष्य के अंतर-सम्बंधों को
जो शाश्वत है
सब कुछ है
धूलि कण से हिमालय तक
पवन, अग्नि, जल, आकाश सब
ये वनस्पतियाँ
ये दिक्, काल, प्रारब्ध
निमित्त
तू, मैं, वे, हम
सब हैं सहोदर
आत्मवत् ब्राह्मण, क्षत्रिय, वैश्य
कौन शूद्र है भाई
भेद कैसा
तेरी बुद्धि है भरमाई

बता वर्ण जल का,
जाति हवा की
या पुष्प-सुगन्ध की है कोई
धूप, बर्फ, ये ऋतुएं
आयु, जीवन, मृत्यु क्यों है

तुम्हारी पहुँच से बाहर?
हम अभेद हैं
एकात्म सब

चेतो पुत्तर!

❍

तीन

युग की ढ़लान पर
शेष नहीं रहता कुछ भी
तुम मोहाविष्ट
चल-अचल पदार्थ कर रहे संचित
प्रयोग बल का
छल का
रे जड़मति भट्टा,
सुनो यह वेद तक होते अंतर्ध्यान
प्रलय काल में
जिसे कठिन तप से किया
ऋषि करते प्राप्त
पीढ़ी पीढ़ी
वही ज्ञान सृष्टि के आरम्भ में
करते रहेंगे
आगे भी प्रकट
यही है 'सम्भवामि युगे-युगे'

दिखेगी पृथ्वी
जीवन यह अजर
अजस्र
फिर होगा प्रकाशित

पुनर्नवा
रे चेतो, कह रही हूँ तुमसे
हाँ-हाँ तुमसे
मैं मतियाई ललद्यद..

○

चार

कहा एक निरीह भक्त ने
बहुत पूजा की उसने
किए व्रत-उपवास भी वर्षों से
क्या त्रुटि है उसकी
क्रिया में, पूछा उसने

मन-पवन को
धारण कर तू भीतर गया नहीं
कभी द्वादशांत* गाँव की ओर
बढ़ा नहीं आगे
मार्ग में सुना नहीं
अनाहत का संगीत
उठता अंतस्तल से
रतनदीप की हिलती लौ सा
दीखता सामने साक्षात्
जो देव तुमको

तू देखता उसे
प्रत्यभिज्ञा से
स्वयं को ही वहाँ प्रतिष्ठित
अपने ही दिव्य-चक्षुओं से
अभेद..

चेत, ओ भट्टा वत्स मेरे!
करते हो पूजा किसकी
अपने बाहर
यही त्रुटि है तेरी

❍

* *सहस्रार चक्र*

पाँच

ओ बहन मेरी,
समझती हूँ वेदना तुम्हारी
अनकही सब स्त्रियों की
इच्छाएँ पालना मर्यादित
सपने भी मर्यादित
वाक्, वचन, व्यवहार मर्यादित
व्यथा नहीं भिन्न
किसी स्त्री से तेरी
कह दी अनकही तूने
दिखाए अदीख घाव अपने
सूखे अश्रु ये
गाथा अलिखित..
पहले नियंत्रण में पिता के..
फिर पति के..
फिर बेटों के..
फिर समय के
समष्टि के
घात लगाए बैठे
मिलते अधम
जहाँ तहाँ

ओ बहन मेरी, चेतो!
जैसे चेत गयी मैं ललेश्वरी
जगी गहरी निद्रा से

आई बाहर बंधनों के

यह आकाश तुम्हारे स्त्री-मन का
अनंत अनादि
नाप लो उड़ान भरकर
ये नक्षत्रों से भरा तारामंडल है
तुम्हारा आँचल
संचालित करतीं तुम
ऋतुएं, विहग, अध्यात्म
हो नित्य पुनर्नवा तुम
चैतन्यमात्मा*
संतूर-वादिनी शारदा तुम
विवेक तुम
गृहलक्ष्मी का वैभव तुम
चंडी तुम ही
यदि चेत सको
तो तुम से है सब

तुम अनन्य
रुद्रमणि नीलकंठ की
नित्य नवल पुनीत
देह में शिव हो
गेह में शक्ति
नाद में बिंदु तुम
स्वातन्त्र्य ...
तब कैसे भेद
निर्देश और वर्ण ये
जाति है मिथ्या
कौन मर्यादित कर पाया
आकाश को
जो तुम्हारा अनुराग है

चेतो सखि मेरी

---

*'चैतन्यमात्मा' एक शिवसूत्र है आचार्य वसुगुप्त का

छह

ओस भीगी भोर यह
और नंगे पाँव
कौन सी दिव्य स्मृति
मेरे अन्तस में जैसे
        उतरी हरी दूब पर
लेने थाह
क्या तुम हो सिद्धमोल
गुरु मेरे..

मैं देख रही दूरगामी
कितना तमस है चहुँओर
पतन, कुदृष्टि, वज्र-मूढ़ता
और बुद्धिमान मरते भूख से
करते कुतर्क अज्ञानी
पर-धर्म का रुझान
असत्य में सत्य की छद्म प्रतीति
अनदेखी आवागमन की
फँसते दलदल में आकंठ
बिसराते निज स्वरूप
लुटते बेबस
बटमारों के हाथों
फिर भाग्य का रोते रोना

गुरु मेरे!
मैं इस अमानिशा से होती हूँ भयभीत..
फिर कौंधते आप्त शब्द तुम्हारे
निबिड़ रात है गर्भाशय
प्रकाश और नव विमर्श का
आस का विश्वास का

कहा था तुमने
घोर अंधेरी फाल्गुनी रात में ही
प्रकट हुआ अतीत में अग्निलिंग
अनंत और अनादि
शिव की कृपा..
आभायुक्त हुआ संसार
शिवरात्रि कहा उसे ही हमने
क्या श्रीकृष्ण नहीं हुए
सघन अर्धरात्रि में अवतरित
और कार्तिक की गहन अमावस
क्या नहीं बदलती झिलमिल
ज्योतिपर्व में..

यह अमानिशा है
जटाजूट शिव की
बांध लेंगे
नहीं तो उड़ भाग जाएगी गंगा
फिर बैठेगी कमंडल में ब्रह्मा के
क्या होने देंगे ऐसा
शंकर हमारे..

फिर भी हे गुरुदेव !
मेरे द्वंद्व का करो निवारण
मैं शताब्दियों तक पसरता अंधकार, क्रंदन, अन्याय,
लूट, मनमानी

देख रही हूँ
इस समय का क्या कीजे..

हँस दिए तुम
मेरी नि:बुद्धि पर..

○

सात

हे ललेश्वरी,
कहा सिद्ध श्रीकंठ गुरु ने एक दिन
वात्सल्य की प्रतिमूर्ति हो
व्यथित हो इसीलिए
द्रवित और विचलित भी
देखकर लोगों का व्यवहार
यह संसार हाहाकार
भूल गयीं ममतावश कुछ क्षण
यह सब है विस्तार
शिव का ही अपार
सार, असार
आधार, निराधार
भव-पारावार
तारनहार सब शिव है
यह लीला उसकी
यह अनुभूत है सत्य
तुम्हारा भी
तब भी यह संजाल उसका
नहीं समझी
या ले रही हो टोह
मेरा ही?

आठ

कहा उस दुखियारिन से मैंने,
'यह भी मृत्यु हुई कोई
पले, बढ़े, और काम, क्रोध,
लोभ, मोह आदि के वशीभूत जिए
बिसराया निज स्वरूप
और संवारी देह उबटन की
खिलाया अन्न पौष्टिक
बनाए भवन,
अन्याय किए
मन, वचन और कर्म से
और साथ न ले सके
                एक तिनका भी
अकेले चढ़े चिता पर
ओ, हँसी के पात्र मूर्ख भट्टा!
अब रो रहे
निज स्वार्थों को
बांधव तेरे ..'
देखा अचरज से मुझे उस भक्तिन ने
रही मौन निहारती..
'मृत्यु है मरना जीते जी
होना निर्पेक्ष
अभय सब से
विस्मय है मृत्यु सांस सांस

नव नवल जीवन
निर्लिप्त प्रतिपल
अभेद में रहना
नियंत्रित करना प्राणों को
क्षुधा, तृषा से अविचलित'

देखती एकटक रही
वह अभिभूत मुझे
योग्य थी
पर नहीं पात्रता अभी थी उसमें
बताया नहीं उसे मैंने
जीते जी अपने
मरने का भेद अभी..

❍

नौ

तुरग है यह चित हमारा
भागता अविराम
चारों ओर
छान मारता दसों दिशाएँ
लौटता वापस
फिर-फिर भागता
लौटता हिनहिनाता
                    हमारी शिथिलता पर
या आता गदहे का रूप बदलकर
मारता मुँह जिस-तिस के
आँगन की घास पर
मैंने पूँछ से पकड़कर
                    सियार की तरह
वन से घसीट खींचा है सिंह को
पकड़ा है सघन रात में उसे
कसकर
प्राणों के पाश से
यदि तुम भी बांध सको
अपने तुरग को
ज्ञान के अरण्य में मुक्त भी छोडोगे
तो यही अश्व ले जाएगा
शून्य के पार

जहाँ होते शिव में हम
एकाकार
और वह शिव ही करेगा
तुरग बन आरुढ़ हमें
शून्य के पार

❍

दस

आज लौटते हुए
कुलवागेश्वरी तीर्थ* से
रोका मुझे ताराग्राम* के रहवासियों ने
देवी तारा के अनन्य भक्तों ने
अनुनय किया कि रुक जाऊँ
कुछ दिन-मास
दूँ उन्हें भी सानिध्य का सुख
सुनें कुछ वाख मेरे वे भी
प्रेरणा सन्मार्ग की
मिले उन्हें भी
देवी तारा के प्राँगण में
बून्य* के नीचे बैठकर
उन्हें निर्निमेष देखने का संयोग
पसीज गयी मैं
जैसे नटखट बच्चों की
भोली चतुरायी पर
निढ़ाल पड़ जाती है
पीन-पयोधर माँ
कोई भी वत्सला
पता नहीं क्यों मुझे लगने लगा
कि जैसे अंतिम बार देख रही हूँ

तारा देवी के तीर्थ को
उसकी पूजक संतान को
क्या मैं सुन रही
किसी कायाकल्प की
आहट अज्ञात

क्या आ रहा है भूकंप कोई
धंस जाएँगे स्थापत्य
टूट गिरेंगी पताकाएँ
गूँज उठेगा चहुँओर हाहाकार
बदलेंगे गाँव के गाँव
परंपराएँ, उत्सव, पर्व, त्यौहार
यह रूपाकार
देव!
यह क्या सोच रही मैं
तुम्हारी लीला से अनभिज्ञ

क्यों लौट रही मैं
अखंड ब्रह्मांडीय चेतना के
क्षणिक रूप में
सीमित शिव में
क्षमा करना गुरुदेव
यह 'सर्वम् सर्वात्मकम्'
कितना कठिन है जीना
साँस-साँस
या कहना तुम्हारा
जाए जहाँ भी मन
कहाँ जाएगा तुमसे इतर
सब कुछ तो है शिव ही*

उमड़ आते रहे ग्रामवासी
दूर दूर से..

○

**Notes*

**Notes-------

*कुलगाम स्थित तीर्थ

*ताराग्राम; वर्तमान तारीगाम

*बून्य अर्थात् चिनार

*आचार्य उत्पलदेव कृत श्री शिवस्त्रोतावली का स्रोत्रः चलित्वा कुत्र गन्तासि सर्व शिवमयं यतः।

ग्यारह

छोटे छोटे विक्षोभ लिए
आतीं हैं भोली स्त्रियाँ
प्रेम उमड़ आता
उनकी चिंताओं में होते हैं बच्चे,
खेत, त्यौहार, अनाज,
घर की लिपाई-पुताई,
गाय-बछड़े,
ऋतुएं, अतिवृष्टि, अनावृष्टि
सास-ननद की बातें,
पर उनके हृदय हैं अमृतवेला में
खिले एकांत के फूल
सुगन्ध बिखेरते
वे उठती हैं रात के अंतिम पहर
कटिबद्ध कटता है दिन
रसोई से खेत तक
करती हैं सबकी चिन्ता
जिसमें शामिल होतीं हैं चिड़ियाँ भी
रात गये सबके बाद खाती हैं
थककर सो जातीं हैं निढ़ाल
उठने के लिए फिर से
कुछ ही घंटों के बाद

देव! क्या है
तपस्वियों का तप
इनकी निर्विकल्प क्रिया के आगे
इनके ज्ञान के आगे
इनकी इच्छा के आगे
त्रिपुर सुन्दरियाँ हैं ये
पर हैं अचेत
जरा सा एक सूत्र
एक चेतना का जोड़
एक बीजाक्षर
इन्हें सजीव और चलते-फिरते
असीमित शिव में
कर सकता रूपांतरित

तब भी ये सीमित शिव ही
संभाले हैं संसार को

❍

बारह

मैं होती जा रही मौन
शब्दों के पार है
मेरा घर
यहाँ न कोई वाणी
न ही स्वर
कभी अनादिकाल में यहीं
प्रजापति ने किया था आह्वान
वागीश्वरी का
कि भरे वह वीणा से
मौन की सत्ता में स्वर
और सप्त सुर गूँजे थे ब्रह्मांड में
नदियाँ लगी थीं सहसा गुनगुनाने
पेड़ों पर बैठी चिरैया
अन्य पाखी अरण्यों में
पशु व शावक उनके
हुए थे धन्य
वाणी के वरदान से
खिलते पुष्पों ने बिखेरी सुगन्ध

वही मौन संगीतमयी
मेरा घर
मैं हो रही पल पल
धीरे से मौन
द्वार पर मेरे बाहर खड़ा है कौन
आओ अतिथि भीतर
यह मेरा है घर

○

तेरह

आज आए गुरु ध्यान में मेरे
सामने खड़े
निहारते एकटक
जैसे विस्मित बालक कोई
स्नेह-पात्र
आह्लाद अनिर्वचनीय
मुस्कान झुरियों में दीप्त
नेत्रों में विनय अज्ञात

मैं उठ खड़ी हुई श्रद्धा से
बैठी थी वितस्ता के उत्स* के पास
बून्य की छाँह में

बोले वह
हे, तेजस्विनी ललेश्वरी
परम तपस्विनी अगम अगोचर
तुम्हें नमन करता हूँ मैं
मुझे स्वीकार करो
शिष्य अपना
अनुयायी
तुम ही हो मेरी गुरु
जन्म-जन्म से

उन्होंने नतमस्तक किया
प्रणाम मुझे
मैं अवाक्..
निःशब्द..
निस्पन्द..

अज्ञात क्षण में
मैंने नवाया उनके चरणों में
अपना शीश

❍

---

* *वेरीनाग के निकट 'व्यथवोतुर' ग्राम*

सूत्र

छठा स्पन्द

एक

यह खाई गहरी
ऊपर छाया का ढ़क्कन
यह आधार
और
यह तुम्हारा वैभव..

❍

यह रेत की रस्सी से बंधी
मिथ्या की नाव
वाग्जाल में इठलाती
फँसी मछलियाँ
करतीं हैं गीता का पाठ

❍

तुम स्वयं हो
यह पाषाण मूर्ति
हँसती तुम पर
अर्घ्य व पुष्प चढ़ाया
तुम्हारे ही शीश पर
मुरझाया
गन्धाता

❍

नाविक को तरावा
क्या दोगे
दम्भ, रूप, काम, क्रोध
मद, सत्ता इत्यादि?
यह खोटे हैं सिक्के
अमावस है पारावार

❍

देखो और देखना भी
अपना देखो
सुनो और सुनना भी
सुनो अपना
अनदेखा और अनसुना
है सामने साक्षात्

❍

क्या है जाति शिव की
वर्ण क्या है उसका
ये जल, अग्नि, पृथ्वी, आकाश,
वायु है निरपेक्ष
क्रोध और अनुग्रह उनका है
असीम
मत करो संकीर्ण
ईश्वर को

❍

ओ ढपोरशंखी
एक तृण के सेतु पर से होकर

जाना पार
अग्नि को हिमजल सा
करना शीतल
करना बहुविध चमत्कार
यह तुम्हारा छल
शिव हैं निश्छल

❍

असत्य में प्रतीति
सत्य की
उन्माद यह पर-मदिरापान
विस्मरण है आसक्ति पर-धर्म की
कुबुद्धि है
भूलना आवागमन

❍

तुम्हारा यह वैभव,
सुरा सुन्दरी, नृत्य विलास
अट्टालिका मदांध
और मेरा
एक ढुलकता अश्रु
इसे ईर्ष्या कहते हो
ओ दयनीय!

❍

देख रही हूँ
डूब रहे पर्वत
नदियाँ, चर-अचर
काल विवर में
दुष्कर्म हैं मुक्त निमंत्रण..

रे चेतो!

❍

मृत्यु के बाद
कंधा देना
जीते जी मूल्यों को करना
शिरोधार्य
पर्वत सा बोझ
जो है संजीवनी गिरि
तेरी मूर्छा का प्रतिकार

चेतो अब भी

❍

पतनकाल है
पीछे देखना मुड़कर
वो तुम ही हो
भाग रहे जिससे
जानो स्वयं को
प्रत्यभिज्ञ यही
एकता से बड़ा
एकात्म है सत्य
पहचानना स्वयं को
है दिव्यता
अभेद

चेतो, समय यही है

❍

दुख का क्या
वो तो है जो है
संग मेरे रहा न कोई
शब्दों से बिद्ध गयी मैं
पत्थरों से घायल
यह घाव मेरे शिलालेख
पढ़ेगा कोई भविष्य में
हूँ वर्तमान अनंत मैं
'उद्यमो भैरव:'
यह शिवसूत्र हूँ मैं

❍

अनन्य हो तुम
अनन्य हूँ मैं
वह..यह..सब
पाप है अन्य कहना किसी को
व्याप्त है चराचर में
अनन्य
जागो नींद से ओ चित्त!

❍

देखो
शिव हैं सब चलते फिरते
बोलते, सुनते
सोते, जागते, हँसते
करते कर्म लेते-छोड़ते साँस
इत्यादि
सहज है शिवमयता

❍

सुई के छिद्र में
अपार है शून्यालय
धागा तुम्हारा पड़ेगा कम
कपास पृथ्वी का
कितना उगता रहा युगों से
धुनो स्वयं को
कातो

○

ज्ञान है लगाम
तुरग है मन
जीवन-पथ चुनौती
अश्वारोही संयमी
पहुँचोगे गन्तव्य पर
घर में ही बैठे
यह संघर्ष देगा अंत में
आह्लाद

○

विलय

सातवां स्पन्द

एक

यह अनिर्वचनीय सूर्यास्त

देख रही मैं जैसे
इस जीवन में
अंतिम बार
यह सिन्दूरी आभा
व्याप्ति चहुँओर
देखा गगन से जैसे उतरा एक
सकोरा स्वर्णिम
मेरे ऊपर ढ़क्कन
शिरस्त्राण
देखा यह माँ पृथ्वी भी
बदली एक रुपहले सकोरे में
मैं दोनों के बीच
अमरेश्वर हिमलिंग सी
घटती उसकी कलाओं सी
शैने: शैने:
मुस्कुराया सूर्य उतरते अस्ताचल में
फैलाई उसने बाँहें
यह निमंत्रण प्रत्यक्ष देव का
लौट रही मैं
पिता के पास
हर्ष के अश्रु उनके

वर्षण पुष्पों का

देख लो
सकोरे पर सकोरा
बीच उसके
बीजाक्षर मैं जीवन का
सृजन का संवेदन का
मनुष्य जीवन की दिव्यता का

इस तरह हम ही थे
होंगे हम ही
अविच्छिन्न

रोना मत
उत्सव है शिव
और विषम परिवार उसका
मैं झूम रही हूँ
लय मेरी लास्य नृत्य की

○

शिलालेख

आठवां स्पन्द

इस तरह
शताब्दियाँ बीत गयीं
अतीत न हुई ललद्यद
न कथा उसकी
न वाख उसके

हँसती है हम पर
हम दया के पात्र उसके
मिला नहीं सकते..
आँख से आँख उसकी

माँ है
फिर भी फेरती है
हमारे सिर पर अपना हाथ
युगों से

❍

www.ingramcontent.com/pod-product-compliance
Lightning Source LLC
LaVergne TN
LVHW100827051026
849519LV00006B/2206
* 9 7 8 9 3 5 5 0 0 3 5 9 1 *